Éric le Magnifique

texte de Phil Cummings
illustrations de David Cox
texte français d'Hélène Pilotto

Les éditions Scholastic

Données de catalogage avant publication
de la Bibliothèque nationale du Canada

Cummings, Phil
Éric Épic le magnifique
(Petit roman)
Traduction de: The great Jimbo James.
Pour enfants de 6 à 8 ans.
ISBN 0-439-98891-8

I. Cox, David, 1933- II. Pilotto, Hélène III. Titre.
IV. Collection: Petit roman (Markham, Ont.)

PZ23.C85Er 2002   j823   C2001-902636-6
ISBN-13 978-0-439-98891-8

Édition publiée par les Éditions Scholastic, 604, rue King Ouest,
Toronto (Ontario) M5V 1E1 CANADA.

8 7 6 5 4   Imprimé au Canada   08 09 10 11 12

À Doreen – P.C.

À Toby – D.C.

Chapitre 1

Éric Épic fait son marché. Son chariot est si plein qu'il a de la difficulté à le pousser.

Éric Épic fait une petite pause.

Des gens regardent un magicien.
Il est très bon. Il jongle, prononce
des formules magiques…

... sort des foulards de ses manches et un lapin de son chapeau. Ça semble facile.

Éric Épic sourit.

— Hum, dit-il, ça m'a l'air facile. Je pourrais être un magicien. Je vais être un magicien! Je serai... Éric Épic le Magnifique!

Chapitre 2

Chez lui, Éric Épic trouve des bouteilles en plastique.

— Super! dit-il. Je vais m'en servir pour jongler.

Il les peint en rouge, bleu, vert, jaune et orange.

Puis, il trouve une boîte.

— Ah, ah! Ce sera ma boîte magique. Il la peint en noir.

Ensuite, il déniche un vêtement noir.

— Ça me fera une belle cape, dit-il.

Il y colle plein d'étoiles dorées.

Il se fabrique un chapeau avec du papier brillant et transforme un long bâtonnet en baguette magique.

Éric Épic a fière allure, mais pas ses souliers. Il les enduit de colle et les saupoudre de brillants dorés. Voilà qui est mieux.

Il ne lui reste qu'une chose à faire. Il sort et peint sa camionnette jaune en noir. Il ajoute des lunes, des étoiles et des éclairs partout. Il inscrit sur les côtés : Éric Épic le Magnifique.

Chapitre 3

Éric Épic met sa cape, son chapeau, ses souliers avec des brillants et se rend à la bibliothèque.

Le bibliothécaire le regarde et dit :

— Je sais ce que vous voulez. Vous voulez des livres de magie, n'est-ce pas?

— C'est exact, répond Éric Épic. Comment avez-vous deviné?

L'homme sourit.

— C'est un coup de chance, dit-il.

Éric Épic prend tous les livres de magie qu'il peut trouver. Dans l'un d'eux, il voit l'image d'un lapin sortant d'un chapeau.

— Ah! ah! s'écrie-t-il. J'ai besoin d'un lapin.

Éric Épic se rend à l'animalerie.
La vendeuse le regarde et dit :

— Je sais ce que vous voulez.
Vous voulez un lapin pour un
spectacle de magie, n'est-ce pas?

— C'est exact, répond Éric Épic. Comment avez-vous deviné?

La dame sourit.

— C'est un coup de chance, dit-elle.

Éric Épic choisit un gros lapin aux yeux roses et malicieux.

— Tu t'appelleras Vic, dit-il. Vic, le lapin magique.

Le lapin agite ses oreilles.

Chapitre 4

À côté de l'animalerie, il y a une
école. Les écoliers aperçoivent Éric
Épic et lui demandent :

— Êtes-vous un magicien?

Le lapin agite ses oreilles.

— Bien sûr! répond-il. Je suis Éric Épic le Magnifique et voici Vic, le lapin magique.

Les enfants sautent de joie.

— Faites-nous un spectacle de magie! S'il vous plaît!

— Maintenant? demande Éric
Épic.

— Oui, tout de suite! répondent
les enfants. Dans le hall d'entrée.

— Bon, d'accord, répond Éric Épic. Allons-y!

Chapitre 5

Il y a une estrade dans le hall de l'école. Éric Épic sort ses bouteilles en plastique, sa boîte magique et sa baguette.

Enfin, il prend Vic dans ses bras.

— Reste caché tant que je n'ai pas prononcé la formule magique, lui chuchote-t-il.

Vic agite ses oreilles.

Éric Épic dépose le lapin dans son chapeau. Quel gros lapin!

— Eh bien, Vic! Tu es presque trop gros pour entrer dans le chapeau!

Le spectacle commence.

Éric Épic agite sa cape et quelques étoiles en tombent.

— Bonjour! lance-t-il. Je suis Éric Épic le Magnifique!

— Bravo! l'acclament les enfants.

— Pour commencer, je vais
jongler.

Il prend ses bouteilles colorées et commence à jongler. Rouge, bleue, verte, orange, jaune : elles montent toutes haut, très très haut…

... et redescendent aussi vite!

La bouteille jaune lui tombe sur la tête. *BONG!*

La bouteille orange lui tombe sur
la tête. *BONG!*

Puis toutes les autres lui tombent sur la tête. *BONG! BONG! BONG!*

Les enfants pouffent de rire.

Chapitre 6

— Voici mon prochain tour, annonce Éric Épic. Je vais mettre ces fleurs dans ma boîte magique. Quand j'ouvrirai la boîte, elles auront disparu.

Il agite sa baguette magique au-dessus de la boîte. « Ta-dam! »

Éric Épic ouvre la boîte. Les fleurs
sont toujours là!

Tous les enfants rient. Ce drôle
de magicien est vraiment amusant!

Éric Épic essaie un autre tour. Il brandit un foulard rouge. Il le glisse dans sa manche et agite sa baguette magique. « Ta-dam! » clame-t-il encore.

Il tente de tirer le foulard de sa manche, mais celui-ci a disparu!

Les enfants lui montrent ses souliers.

— Il est là! crient-ils.

Éric Épic baisse la tête. Le foulard sort de sa jambe de pantalon. Misère! Ce n'est pas là qu'il devait être! Éric Épic tire dessus et une ribambelle de foulards colorés apparaissent.

Quel spectacle!

Chapitre 7

Éric Épic essaie un dernier tour.

— Voici mon dernier tour, annonce-t-il. Je vais faire sortir mon lapin Vic de ce chapeau.

Il agite sa baguette magique.

Les enfants sont silencieux.
Ils regardent… ils attendent.

Éric Épic prend une grande respiration. Il ferme les yeux, plonge la main dans le chapeau et clame : « Ta-dam!!! »

Il sort un lapin du chapeau, mais ce n'est pas Vic. C'est un bébé lapin, tout petit et tout duveteux!

— Oh! s'exclament les enfants.

Éric Épic plonge à nouveau la main dans le chapeau. « Ta-dam! » Un autre bébé lapin surgit! « Ta-dam! » Et un autre, puis un autre, et encore un autre.

En tout, six lapereaux surgissent du chapeau! Éric Épic est stupéfait!

Enfin, il sort Vic.

— Bravo! crient les enfants.

Éric Épic regarde les bébés lapins.
Puis, il regarde Vic.

— Je vais devoir changer ton
nom, dit-il en souriant.

Chapitre 8

Le lendemain, Éric Épic se rend au magasin. Il veut construire une maison pour Vicky et ses lapereaux. Son chariot est si plein qu'il a de la difficulté à le pousser.

Éric Épic fait une petite pause.
Des gens regardent un acrobate.
Il est très bon.

Éric Épic sourit.
— Hum, dit-il. Ça m'a l'air facile.

Phil Cummings

Quand j'étais petit, je voulais être un magicien. Je n'étais pas très bon, mais je continuais à m'exercer malgré tout. Je m'étais fabriqué une baguette, un chapeau et une cape, et je prononçais des formules magiques.

Un ami m'avait donné un lapin et ma mère lui avait aussi confectionné une cape! J'ai bien essayé de le faire disparaître, mais je n'ai pas réussi.

Une nuit, pendant que je dormais, quelque chose de magique s'est produit : mon lapin a eu toute une portée de petits bébés duveteux!

David Cox

Je n'ai jamais rencontré quelqu'un comme Éric Épic, mais je connais plusieurs personnes qui lui ressemblent, dont moi, d'une certaine façon. Je parle des gens qui aiment essayer de nouvelles choses et qui croient que, s'ils s'y mettent vraiment, ils vont y arriver. Le plus drôle, c'est qu'ils réussissent souvent.

Quand on m'a demandé d'illustrer *Éric Épic le Magnifique*, je me suis dit : « Ça m'a l'air facile. » Exactement comme Éric Épic!

As-tu lu ces petits romans?

- ☐ Attention, Simon!
- ☐ La Beignemobile
- ☐ Follet le furet
- ☐ Une faim d'éléphant
- ☐ Un hibou bien chouette
- ☐ Isabelle a la varicelle!
- ☐ Lili et le sorcier détraqué
- ☐ Jolies p'tites bêtes!
- ☐ Je veux des boucles d'oreilles
- ☐ Julien, gardien de chien
- ☐ Une journée à la gomme
- ☐ Marcel Coquerelle
- ☐ Meilleures amies
- ☐ Mimi au milieu
- ☐ Pareils, pas pareils
- ☐ Parlez-moi!
- ☐ Quel dégât, Sun Yu!
- ☐ Quelle histoire!
- ☐ La rivière au trésor